KB193984

시간의 변화는

시간의 변화는

2025년 5월 30일 제 1판 인쇄 발행

지 은 이 l 이현렬
펴 낸 이 l 박종래
펴 낸 곳 l 도서출판 명성서림

등록번호 l 301-2014-013
주　　소 l 04625 서울시 중구 필동로 6(2층·3층)
대표전화 l 02)2277-2800
팩　　스 l 02)2277-8945
이 메 일 l msprint8944@naver.com

값 10,000원
ISBN 979-11-94200-98-7

시간의 변화는

이현렬 제5시집

도서출판 명성서림

머리말

시는 영감에서 출발한다. 길을 걷다가 떠오르는 생각이나 보이는 사물에 대한 통찰이 있어야 시가 실타래가 풀리듯 춤을 추듯 줄줄이 걸어 나온다.

경험이나 사물에 대한 인식의 올바른 가치가 좋은 시가 된다고 할 수 있다.

언어적인 경우에 선택하는 방법도 중요하지만 특별히 구분하여 아름다운 언어를 선택할 필요를 느낄 때 선택하고 자연스럽게 쓰면 춤추는 글이 될 것이다.

시의 이미지를 중요하게 생각하는 경우가 있는 것은 그림을 보면 그림 속에 떠오르는 영상이 있다. 그것을 풀이하여 써 내려가면 좋은 시가 되고 감각적이고 자극적인 단어를 생생히 쓴다면 한편의 시를 완성 할 수 있을 것이다.

시를 짓다 보면 여러가지 형태의 구조적인 모순을 생각하게 된다 짧게 쓸까 길게 쓸까 연을 나눌까 행을 어떻게 처리해야 될까 등 자유시인가 7.5조로 쓸 것인가 형식적인 문제에도 부딪치게 된다. 판단은 시의 내용과 감정의 이입에 따라 달라진다.

감정을 담은 시는 깊이 있는 시가 될 수 있게 끔 노력하여 좋은 시가 나올 수 있게 표현을 해야한다 깊이 있는 표현은 비유와 한번 더 생각나게 하는 글이 좋은 글이 되고 생각하고 생각해서 쓰면 자연스럽게 리듬감이 생겨나게된다 리듬에 따라서 언어를 선택하게 되면 진실된 시가 될 것이다.

한편의 시기 완성될려면 김치가 익으면 새로운 맛이 나오는 더욱더 맛나는 김치가 되는 것처럼 시도 묵혔다가 수정을 거듭하고 거듭해야 좋은 시가 되는 것이다.

첨언 하면 좋은 시들을 많이 읽는 것이다. 취향에 따라 자기의 시의 한편이 세상에 나오는 것은 분명한 인생관, 세계관을 가져야 읽을 만한 시가 되는 것이리라.

2025년 봄에
저자

시간의
변화는

I

꽃이 보고 싶어

꽃이 보고 싶어

꽃이 보고 싶어 살가운 기운이 흐르는
꽃방에 반겨주는 눈 웃음이 애간장을
태우는 흰 머리칼이 흩날리고 노망이
드리운 어깨춤이 덩기덕 쿵, 팔 벌리는 놀이에
어허! 노인아! 무엇이 즐거워
지리는 것도 모르는 흥겨운 장단인가

물러가지 않는 추위가 온실에서
피우는 입술소리가 꽃잎들이 기지개를 펴는
가락이 터널을 지나가는 남정男丁이
찾은 사랑이 어긋나는 싱크홀인 것처럼
넘어가는 햇빛을 탓하는 무거운 걸음이
처지는 소리가 들리고

따뜻함을 버리지 못한 풀의 자리에
몸짓이 일으키는 바람이 머무는
찬 온기에 맺히는 물방울에 붙어간
욕망이 고개를 들지 못하고 떠나는
찾아온 집에 거친 숨소리가 물러가지 않은

냉기가 꽃잎의 아름다움을 시샘하는 일그러진
기운이 내려앉은 조춘早春에 보람도 없이
떠나가는 흰수염이 글썽거리는 눈물이
피고 지는 꽃잎에 맺히는 슬픔과 화냥끼가
가득찬 떠내려가는 화방花房이 있었다.

매화가 피는

거문고 소리가 들리지 않아도
추위가 물러가는 언덕배기
서슬 퍼런 눈발도 한갓 같지 않은
매화가 어디를 건너오고 있나
스산함 속에 기다리던 꽃잎이 머무는
허허로운 추녀 끝에 우두커니
하얀 속살를 드러내는 바람이
꽃 마을에 머문 기억 너머에
끝나지 않은 사랑이 뿌린
무르익은 꽃잎이 하늘 끝에서
물이 든 꽃술이 열애를 재촉하나
떠나는 낭군의 애절한 여운이
고란곡孤鸞曲으로 피어나고 있었다.

욱리하변에서

찬 바람이 휘몰아친 그 날 축제가
다시금 만날 물줄기에 돌아오는 새들이
목놓아 불렀던 욱리하 바닥에 누워있는
알들이 부화하는 갯펄 바닥에
잠든 기억을 찾는 작업이 하늘에서
소리치는 사내의 따뜻한 마음이 한송이
붉은 꽃잎으로 태어나는 떠나온 마을이
빛 따라 내린 강변에서 돛단배 펄럭이며
흐르는 하늘이 물빛으로 출렁이는
가슴을 열고 구름이 멈추어 물이 되는
산맥까지속 깊은 사내는 생각하는
그림을 돌팔매질로 파장을 그려 나갔다
흐름이 끝나는 바닷물이 변화의 바람을
시작하는 서해 나라 땅에서 키워온
사랑을 펼치는 흘린 눈물이 꽃으로 피는
욱리화변에서 사내는 돌팔매질을
계속하고 돌아온 축제가 쓸려가는
흐름의 하루가 속 깊은 시간을 접어가는
우러러는 하늘에 홍매와 황매가 넓은
고수부지에 춤으로 살아나는 아낙들의
맑아지는 눈빛을 바라보고 있었다.

춘분을 지내며

모든 것이 변하는 밤낮의 길이에
따라온 색깔이 전해 주는 말은 추위를 겪는
시간이 짧아졌다고 훤한 담벼락에
자리를 잡은 얼굴이 연결되는 작업이
일으키는 딸들의 바람이 끝나가는 삶을 풀고
음지에 조금씩 떨어지는 눈물이 맑아지는
밤사이 화장한 얼굴을 내미는 공동에
치렁거리는 새잎이 얼굴과 몸에
색소를 넣는 변화가 있는 것만 아니야!
기지개를 펴는 모든 물상들이 시작하는
씨앗이 살아가는 순리가 피어나고
걸음이 길어진 넘치는 활기가 부르는
소리가 이곳 저곳에서 터지는 즐거움이
가득찬 공기의 입맞춤이 물줄기에 녹아들어
짙어지는 물꼬의 높은 가락이 사로잡은
추위를 건너가는 따 함이 감싸는
남풍이 건들거리는 터진 사립문 밖에
잡지 못한 손이 잡아 당기는 사랑의
몽오리가 맺어가는 깊이가 조금씩 보여주는

춘분을 건너가는 흔적이 남긴
대지가 춤을 추는 바람이 때를 맞이하는
동천이 떠오르는 하늘이 열리고 있었다.

매화 옆에서

대문을 열었더니
하얀 매화가 가득한 향기를 풍기며
떠나간 낭군이 돌아오는 마중으로 꽃잎을
뿌리는 춤이 숨긴 마음이 남아 있는 하늘과
마을 어귀 낯모르는 객들만 서성이고
바람 속에 헤메는 고양이들만 졸고있구나

홀로 찾아 간 옛길에 인적은 저물어가고
강산도 집들도 변하여 옹기종기 붙은
거리에 어여쁜 처녀는 하늘로 흩어지고
빈약한 거짓이 날리는 키 큰 처녀들이
휴대폰을 붙들고 걸어가는 통화가 시원않아
숨찬 목소리가 낮아지는 맥줄만 갈기를
세우는 공간이 열리는 멈춤이 있구나

하늘에는 흘러가는 구름이 배회하는 곳에
두려워하는 마음을 위로해주는 손짓에
담장안에 홀로 피는 모습에 녹아드는 만남이
꾸미는 봄빛에 아롱거리는 한낮은 거칠 것
없는 자존감이 홀로 어울리다 떠나가는

아린芽鱗 꽃받침의 기운이 견디어 온
가락으로 작은 얼굴을 곱게 단장한 두메의 꽃이
바람을 가로지르는 열매가 맺어질 것이니
향이 진동할 날을 기다리고 있는 담장 너머
매화가 사랑을 부르는 넋들의 잔치가 한창이구나.

봄이 떠나는 길목에

봄을 맞이하는 비가 내리지 않아도
강물은 출렁거리고 산 너머에
벚꽃이 흩날리는 비어가는 연못이
잊어버린 누구를 찾지 못해도 몰려오는
먹구름이 어깨를 당기는 후투티 울음이
잦아드는 마을에 기다리는 임은
어느 산마루에 숨었는지 벚나무
등걸에 앉아 떠날 준비로 울고 있었나
마을을 떠나는 등성이에서 부르던 소리도
끝이 나고 흰빛이 쌓이는 오솔길을
걸어가는 붉은 꽃잎은 마음 속
꽃물이 들어 도원이 문을 여는
수술은 지고 남은 것은 죽은 청춘이라는
노래 한가락이 멈추는 동산에 어여쁜
열매가 발목을 잡아채는 잠을 몰아가는
땅이 사라지는 모양이 잡목수림에
스며들어 새순의 자리를 잡아주는
보채던 숨소리가 조금씩 열리는 살갗이
향기를 뿜어내는 꽃들이 길목에 가득차는

오랜 수행의 춤이 거리와 광장에서
천상의 박자가 발자국으로 나타나는 춤이
경쾌한 원무가 움직이는 파장이 있었다.

건너온다는 것은

건너온다는 것은 쉬운 일이 아니야
바닷길에 힘든 일이 일어나고 부딪치고
멀리서 기다리는 간절한 마음이
들뜨더라도 진달래가 지고 철쭉의 날개가
재촉하는 구름으로 피어나는 하늘에
어디에서나 배를 탈 수 있는 길이
부르지 않는다고 못가는 것은 아니야
불러주는 꽃으로 나타난 손이 내미는
하늘은 열려있는 물길이지
힘 없이 피어나는 봄이 그대를 부른다고
만나야 할 구름이 비가 되어 인연의
새 풀밭을 가꾸는 꽃동산에 영롱한
빛을 발하는 솟아나온 꽃잎이 흩날리는
가운데에 황사가 덮어가고 건너는 것은
꽃잎의 마지막 소망이 무르익는
열매가 주렁주렁 달리는 하늘을 보고자
한계단을 오르는 건너뛰는 자리가 그대에게
달려있으니 기다리는 철쭉이 되었나요
도화로 피어나는 그리움이 만발한 불어오는

형체없는 목청이 뽑아내는 한 마리
새가 나뭇가지에 앉아 바람을 안아가는
소식이 나부끼면서 건너오고 있었다.

시간의
변화는

II

꽃이 지다니

마달 터널을 지나며

비룡 교차로를 지나 밀려가는 대전
경계에 마달령을 넘는 통영가는
첫 터널이라고 하시던 구간에
시간이 인식을 죽이고 떠난 하늘 빛에
새 순이 짙어지는 산이 곡우를 보내는
색깔이 다양한 꼬리를 흔들며 따라 온다

예사롭지 않은 산마을이 가라앉은
빛에 떠오르는 어머니가 사라지는
여운에 그리움을 지고 홀로 달리는 바람은
구름을 데리고 길이 끝나는 곳에
만발한 황매화가 숨은 마당이 잠기고
누워계신 몸은 흩어질 것이나 영혼은
하늘나라 보좌에 엎드려 기도하실까

쌓이는 회안이 깊어만 가고
24년차 낡은 차가 회안의 강을 건너가는
꽃마을에 접동새 울음을 들을 수 있을까
유품은 그대로 방안을 지키고 자식이 오기를
기다리던 얼굴이 미어지는 아픔으로

드리워지고 어릴적 제대로 충족시키지 못한
한이 떠나실 날만 기다리시던

생각에 젖은 봉지 과자를 담은 유품이
눈물이 가득 고이는 자리에 구름이 건너간
마달령이 펄럭이고 육십령 마을을 지난
골짜기에 찬란한 봄꽃이 흐르는 줄기에
황매화는 지고 더위가 늘어나는 빈터가 있었다.

낙화가 있는

봄꽃이 떨어지는 허전한 공간을
햇빛으로 채우다가 매꾸어간 짙푸른
녹음이 벌려 놓은 사랑이 일으키는
기타를 켜는 솜씨가 없어도 녹음된 소리가
떠나가는 고개 마루를 흔들어

산마루에 피는 이팝나무 꽃잎이 골짜기를
헤매다가 어디에 떨어진들 딱따구리가
참나무 숲을 쪼아가듯 꽃이 진 고가(古家)에
늙은 고승의 눈물이 숲 바람에 하얗게
쌓이는 이팝가지를 흔들고 쌓아가는 날만큼
이밥을 먹지 못한 꽃 그늘도 떠나가는

꽃잎이 어지럽게 흩어지고 끝나는 북소리가
화려함을 달래는 허무의 흰 피가 돌아가는
그리움을 밟아가는 굴레를 벗어날 수 없는가
세상사가 떨어지는 꽃이라 하지만
어여쁜 모습도 사계를 지나가는 변화가
공空이 되고 체體가 보이지 않는

즐거움도 끝나는 것이라고 별이 보이지 않는
산 속에도 정원에도 피었다 지는 꽃에
시선이 침묵을 부르고 어느 시절에도 꽃잎이
넘나드는 봄볕이 서러워 꽃이 지는 날
하늘에 피는 것을 어찌 알아갈 수 있을까..

아카시아꽃이 피는 절기에
– 작은 처남의 죽음

꽃이 피는 절기에 삶을 등지는
이유가 무엇이기에 떠나는 마음이야
오죽 했으면 남은 사랑은 어찌하라고
하늘을 밟으며 떠나갔소 밟히는 가슴에
내려앉는 무거운 짐을 아카시아꽃 그늘에 묻고

뛰었다가 떠나는 햇살의 무거운 흔적이
그렇게도 애달파 떠나시는 날이
너무 밝아 아카시아 꽃잎이 흩날리는
햇살이 반짝거리는 잎사이에 가라앉은
시간이 아쉬움도 없는 두렵지도 않았던 삶이
끝나는 그늘에 웃음소리가 섞이어

자연과 하나가 되는 어떤 소동도
씻기는 물결이 흐르는 호수에 허기진
일부가 울고 있는 허망이 지나가는
사태가 일으키는 풍문의 꼬리가 기온이
낮아지는 숲에서 차츰 사라지고
내밀 수 없는 꿈이 깨어진 한이

골짜기에 숲이 없는 황막荒漠한 곳으로
떨어지는 바람이 감은 눈을 찌르는
얽혀있는 그물에 걸리어도 밝은
하늘을 오르는 빛이 피어나는
날개를 보는 찰나에 천사가 품고 떠나는
소리가 일어나고 있는 절기가 보이고 있었다.

장미가 피는 날에

겨울을 지낸 고통이 색깔로 보이는
안정된 모습을 뽐내는 지적인 아름다움이
날리는 피어난 사랑이 기다리는 자태가
늑장을 부리고 긴 숨을 몰아쉬는 소리가
사내의 정情을 삼키는 향기를 펼친다

맺힌 이슬이 드러낸 공기가 가라앉는
시름은 어디에서 묻어 오는가
붉은 마음이 갈라지는 울상짓는 꽃잎을
달랠 수 없는 방향이 바뀌는 바람이
대처에 나가 흥정을 하고 머뭇거리는
장미가 손안에 자리를 잡는

철이 한창이지만 더위가 비틀어지지 않은
속살이 솟아나는 꽃잎과 차이가 없는
떨어지는 꽃의 가슴팍에 울렁이는 물소리를
듣는 피어나는 암술이 빨갛게 정을
품은 꽃으로 탄생하는 의미를 펼치는
넓은 꽃송이가 터지는 방망이질이

골목길 담장 옆 마을을 덮고
사랑을 피우는 새로운 시작이 둘러쳐진
계단에 하늘이 드러나는 장미의
아름다움에 찔리는 피흘림이 문구를
기재記載하는 가시가 읊조리는 화창함이
넘치는 장미꽃이 자리잡는 날이 있었다.

옛집에 와서

대취해서 들어와 피고 지는 꽃을
바라보는 마당에 몸의 중심이 떠 있는
자세를 가누는 비행하는 소리가 있어도
늘어난 아파트가 흔들리고 있는 곳에
무성한 잎에 감싸이고 무엇을 해야 하는
바람은 구석구석 돌아서 나무 틈사이에
숨어서 지낸 꽃잎을 챙겨보는
우거진 산수유 오디 포도 보리수 대추
앵두가 반가운 뜰이 풍악을 울리는
살던 집의 변화가 가슴에 폭풍을 몰아오고
새로운 꽃들이 방긋거리는 뜨락에
눈을 가득 채우는 그리움과 나이가
어느 선상에 있는지 가늠이 되지 않은
물뱀이 지나가는 작은 파장이 느끼는
금계국 꽃양귀비가 탐스럽게 옛날이
피어가는 논갈이가 한창인 흰옷 입은 사람들이
사라진지 오래이나 그 때가 애달프게 그리운
이양기의 엔진소리가 들리어도 헤어짐과 만남이
거슬러 올라가고 선과 후의 흩어짐이

마당에 있음을 없는 듯 상사화가
잠든 사이 솟아난 붉은 마음이 순간으로
새로워지는 복분자가 익어가고 있었다

호우豪雨가 부르는

비가 내리는 날은 개인 하늘이 그립고
더위가 가득차는 날은 시원한 그늘이
내리기를 바라는 안절부절한 바람이
구름이 떠 있는 물가로 이끌어 가고
햇살이 채우는 땅은 작물이 날개를 펴고
잎 가지에 자라는 열매는 단장을 하는구나

뜨거운 가슴이 일으키는 붉은 마음이
하소연하는 시간을 보내는 품은 일들이
빨리 일어나지 않아도 흐르는 물은 그대로
밀려오는 여름이 가득채워주는 기쁨에 환장한
심려가 남아있는 물길에 하루가 저물어가고
마을은 새롭게 탄생하는 밤이 오고 있구나

누가 부르는 노래라도 들을 수 있으면
족한 마음이 빗물 속에 펄럭이니
기념비적인 물보라가 일어나지 않아도
삶을 품고 가는 사람들은 물과 같이 흘러가고
나룻터에 빗물에 씻긴 삶이 나타나는
답 없는 환상이 일어나는 호우豪雨가

깊어지는 강물을 가득채운 사념思念이
산 속에 숨어 불륜을 일으카는 장대비가
재촉하는 나그네 길에 떠날 준비도 없이
일행이 보이면 떠나간다 모두 떠나간다
빗물이 쌓이는 곳으로 출렁출렁 흘러간다.

고갯마루에 앉아

고갯마루에 앉아 보면 나무가 짙어지어
저 멀리 있는 구릉길은 숲에 묻히고
보이지 않아도 사무치는 이야기가 달려있는
소릿길에 열린 주머니의 아우성이 건너가고
구름을 부르는 산이 피어오르고 있었다

걸음에 서린 애환이 뒤돌아 보는 산길이
끝나는 구릉지에 하늘과 닿은 낮은 골짜기에
돌아갈 수도 없는 지나갔던 소로에 핀
구름조각이 마을을 덮고 사랑을 덮어가고 있었지만
기다리고 기다린 돌아올 줄 모르는 지난 세월에
뿌린 씨앗이 자라 고개를 넘어 간
하루 하루가 저무는 길이 보이고 있었다

앉아 있는 고개에 핀 꽃들은 산자를 위한
축복이라고 들리는 바람소리 골바람에 씻기는
정인情人은 공기속에 숨어들고 죽은 자는 살았다는
증거도 없이 늘어진 등성이에 누워 있는
알지 못하는 구름은 어느 때에 흩어지고 비가 되는지
깊어간 샐활이 겨를도 없는 한恨이 피는 고개에

바람이 눈가에 맺혀 뿌리는 빗방울이
그리는 일상이 어느 성간星間 공간에 작은 소리라도
들리면 방황하는 자리가 비어가고 깊어지는
성간星間에 태어나는 삶이 순간으로 사라지는 흔적이
들려주는 고갯마루의 이야기가 열리고 닫히고 있었다.

석비레 마을의 하루

시간이 정지된 것인가 느껴오는
계곡물은 끊임없이 흐르고
끼니를 챙기는 일이 살아가는 것이라고
늘어진 몸이 늙어 변화를 부르는
해가 떠서 지는 변화가 없는 것인지
감지 못하는 생이 휩쓸리는 바람에
맴돌다가 떠나가고 아침에 출발하여
걸어가는 시간은 지는 노을을 보는 것으로
이루지 못한 하루가 아! 가 버렸어!
짐들지 않는 공간이 지나가는 것이
강물에 떠내려가는 숨을 쉰다는 것으로
자갈 길을 걸어가는 여자가
안타까운 시간을 낚다가 잠들어도
끼니를 때우는 것이 중요한 일이라는
목소리가 그늘을 찾는 밤이 깊어지면
언어가 난무하는 벗은 바람이 돌아가고
따라오는 시간이 깨어나는 갈등과 화해의
옷을 입은 살아있는 아침이 석비레를
파내는 작업이 부르고 시간을 파내어

자갈 길을 덮어가는 단단한 다짐이
훔칠 수 없는 시간을 보내는 석비레 마을이
하루를 가난과 더불어 살아가고 있었다.

마니차를 돌리는 골짜기에

옴 마니 반메 훔을 읊조리는
황량한 골짜기에 무엇을 얻기 위해
마니차를 돌리는 늙은 부녀자婦女子가
시간을 찾아가는 만상萬祥 속으로
들어가고 변해가는 생활이
산맥을 타고 내려오는 골짜기에서
세월이 흘러간 깊은 낭떠러지에 흔적이
군데 군데 골을 파내려간 절벽에서
무엇을 하는가 변화하고 있다는 것을
알지 못하고 환생을 기다리는 바람이
불어 오는 하늘이 돌고 있다는 별이
출현出現하는 행성에서 발돋움하고
황량한 골짜기에서 찬 바람을 맞이하는
똑같은 존재가 내려오는 마니차를
돌리는 바람소리가 올라온다
무엇인가 선의 경지가 바라는 목탁을
두드리는 하루의 일과가 시간과
싸우는 늙은이의 숨소리가 고요한
마니륜이 가르치는 바깥 이야기가 끝없이
확장된 세계라도 벗어날 수 없는

본연이 끌어내는 업보業報가 소멸하는
먹고 마시는 일들의 그늘에 묻혀
이상한 소리로 경전을 돌리는 언어가
태어나고 깨달음도 없는 방언의
골짜기에 마니차가 돌아가고 있었다.

들머리에 피는 꽃이

소리 없이 피었다가 소문 없이
홀로 져버리는 구석진 가시덤불 속에
피어났다 지는 들머리 사람들 같은
홀로 짊어지고 가는 애련한 망초가
척박한 어느 곳이라도 자라는 풀꽃으로
늦서리에 울렁이는 가슴을 쥐어짜는구나

나이 만큼 걸어가는 세상살이가
들꽃으로 피어나는 곱씹어 보는 기억이
달라져도 그대로인 풀밭이 보듬은 꽃은
찬바람이 마중 오는 때를 재촉하는
가을비에 늦은 이별에 가슴이 철렁하는

홀로 어디메로 가시나이까
가시는 속사정이 봄을 기다리는 구릉지에
피는 꽃이 되고 싶은가요 늦게까지 남아서
마을 자리에서 어여쁜 시간을 탐하는
시절을 보내고 닳아 빠지는 시간에도

초라한 꽃잎으로 사라지는 숨소리가
들리는 들머리에서 소리 없이 소문도 없이
들말 어귀의 풀꽃으로 돌아올 누구신가요
홀씨인가요 뿌리로 기다리는 애잔한
들머리에 눈물이 고이는 하늘을 이고 있었다.

들국화가 부르는

가꾸지 않아도 피어나는 자리잡은
꽃이 꾸미지 않은 단출한 자세가
선비를 닮은 산지에서 이슬을 머금고
날개를 펴는 오매한 삶이 산맥이 멈추는
곳에 비스듬이 피우는 사랑의 흔적으로

구절초 쑥부쟁이 벌개미취가 세상이
말을 하지 않아도 풍기는 자태에
이름을 붙인 그대들을 기다리며 팔을 벌리는
열려있는 마음 조각들이 부르는 하늘에
구름으로 피어나는 구절초가 언덕의 따사한
무덤에 무늬지는 날망을 가득채우고 있구나

떠나는 잎들이 햇살 속의 누구를 탓하는가
질기고 질긴 여름을 지낸 두터워진 이파리가
가닥 가닥 말라가는 그리운 날이 뉘엿거리고
저물어가는 산마루에 바람이 기지개를 펴는
다른 목소리로 하늘거리는 쑥부쟁이가
불그스름한 연보랏빛 얼굴을 내밀어도

차가운 날을 맞이하는 고통이 떨어지지
않는 어귀에 하늘은 깊어만 가고
푸른 바다보다 더 어두워지는 언덕에
큰 붓을 휘두른 벌개미취를 누가 부르는가
들국화가 피었다는 늦여름이 피운 사랑이
가을에 맺히는 산야에 자리잡고 있구나.

마음이 담겨진 단풍 숲에서

햇볕이 쏟아지고 낙엽이 쌓여가는
날에 산이 부르는 소리를 들은 사내는
낙엽을 그린 옷을 걸치고 숲길에서
낙엽을 씻어가는 햇살 더미를 밟으며
산을 오르는 길섶에 이불을 펼친 잎들이
만남의 높이를 고르는 숨을 쉬고 있구나

편안이 밀려오는 도랫굽이에
벗을 만나는 일렁이는 사람들의 모습을
뒤에 두고 가벼운 발걸음이 가득차는
숲에서 떠나는 가랑잎의 언어가
음지에 자리를 잡는구나

밝은 색을 기다리는 여름을 겪은
뒷편의 나무가 붉게 노랗게 물들어 가는
서러운 나뭇잎이 문 밖에 서 있는
저물어 가는 하루를 붙들어 보아도
걸어가는 길이 애달픈 사람들의 꾸미는
소리의 소매라도 붙잡고 싶구나

산을 오르는 즐거움이 기쁨을 타고
떠나고 있는 단풍들이 밝은 산에
돌아서 다가오는 낙엽들의 날개가
날리고 있는 숲길에 하염없는 생각이
떠도는 불 붙은 단풍이 담겨지는
마음이 어디론가 떠나가고 있구나.

열암곡에 피는 꽃이여

누가 길을 열 것인가
열암곡 마애불이 남산에서 춤추었던
긴 소매 펄럭이는 소망을 보여주는
융성한 세상을 일으키는 징조가 나타나면
연지곤지 단장하고 나를 찾아오소서

때죽나무 꽃필 때에
연잎에 자리잡은 좌석불을 친견하거들랑
천년 후의 나인 줄 아소서
석벽에 새긴 형질이 무엇이든 바위 틈속에
마애불로 숨어 살던 때가 있으니
엎어진 세월이 육백년이 흘러가도

반짝이든 별빛을 연꽃이 지고 간
남산 골짜기에 타오르는 불심이 내려오는
광명이 연못에 머물다가 남천으로 흘러
바다로 가는 길이 열리는 천상의 꿈을
어여삐 여기는 때가 차면 알 수 있을 것이니

새 세상이 빛나면 일어선 나를 보는
군중 속에서 연지곤지 단장한 임을 만나고
뽕잎 따는 꿈이 다시 찾아오는 황금의 나라가
일어나는 시절에 피어나는 구름이 세상을
덮어가는 열암곡의 꿈을 이루고 있었구나

삶이 살아있는 땅에

산다는 것이 일상에서 생각하고
만나는 것은 농사를 짓는 행동이
가슴에 내려앉는 것은 텅빈 공간을 채우는
수단이 되고 의미가 있는 모양이
풍기는 대로 삶이 생성되는 것은

새싹이 자라나서 힘이 나오는 날에
하는 일들이 여러 방향으로 변수를 만나고
변화를 몰고 오는 시간은 어떻게 되는가
구분이 확실한 삶이 여기 저기 얼굴을
내밀어도 후회와 책망이 도사리고 있는

걸어가는 길에 선택을 하는 것이
고개를 넘어가는 길섶에 어떤 식물이
자라나든 넘어가는 자의 책임이 있더라도
분명하지 않은 가치가 휩쓸리는 바람을
만나더라도 꿈이 피어나는 골짜기에
자리를 지키는 수행자의 말씀이 흘러가는

아린 사연이 있는 불국토佛國土에
회한悔恨이 방안에 차거운 바람으로
맴도는 감당하지 못한 스님이 붉어지고
부러지는 나무가 되어도 연꽃들로 피어나는
삶이 뿌리를 내리는 불국토가 있었다.

꽃이 지다니

산수유 매화 벚꽃은 지고
황매화 죽단화가 남아 있는
개나리가 떠나가는 밝은 날
간절한 마음이 부르짖는 소리가
가슴을 찌르는 말로 솟구치느니

잡아둘 수 없는 한이 나타나는
새로운 빛깔이 퍼지는 산야에
자리잡은 이팝나무 장미의 봉오리가
고개를 들고 향기를 뿜어내는
소식은 전쟁이 끝나가고 있다고

밤나무 꽃내음이 사라지기 전에
돌아오신 서방님이 깊어가는 삼경三更에
꽃을 품은 황홀함이 덮어가고
자라나는 삶의 풀잎이 가득차는
소만에 열매는 성숙해지느니

뜨거운 인연이 기다리는 나라의
풍성해지는 나뭇잎이 살아가는
방법이 움직이는 하늘과 땅에 모순이
흐르고 있는 꽃이 지는 날에
그리움의 눈물은 어찌할 것인가.

시간의
변화는

III

달빛 얼굴이

얼마나 좋은 날인가

색깔이 같다고 모양이 같다더냐
모양도 같은 것이 없고 이름도 다르니
분간이 어려운 소리가 울렁이며
이쁜 것은 이쁜 것이야 라는
세상의 말들이 조합으로 피어나고

봄이 끝나지 않아도 우기가 찾는
폭우가 쏟아지는 세상에
참혹함이 드러나는 갑작스런 재앙이
흙탕물은 넘치고 떠내려가도
변하지 않는 것은 무엇일까

생존이 떠들고 있는 소리가
끝나지 않은 맑은 날에
깨끗한 물의 흐름이 길이 되고
매무새를 다듬은 수선화가
아름다움을 자랑하는 날이 되느니

얽매이지 않은 삶이 자리잡은
땅이 얼마나 좋은 자랑인가
동산을 가꾸고 산과 물을 즐기는
출렁거리는 감사와 소망이 물결치는
꽃을 피우는 날이 좋은 때가 아니겠는가 !

산 속의 호수가

숲이 우거진 산 속에 고이는
물은 무엇을 이루며 가는 것인가
낮아진 땅에 스며들어 살았던
미물들은 떠나고 새 생물들이
들어오는 나갈 곳이 없는 산중에서

뜻을 품은 면경 같은 만남이
높은 산에서 흘러내린 낮아지는 물이
언젠가 폭풍을 일으키는 날
작은 저수지의 부초가 파장이
퍼져나가는 흔들리는 것이 있어도

무서움이 나타나지 않는 골짜기에
살아온 존재가 명정明正으로
물욕과 욕망을 수면 바닥에 숨기고
소리치는 일체가 하늘을 이고
갈 길을 막은 정지된 고요가 있는

삶의 보따리가 그림자처럼
거꾸로 보이는 세상이 고도高蹈에
파묻힌 행복이 흐르는 길을 찾은
바람이 불어가는 산 속에 자리잡은
호수가 산고수장을 내다보고 있었다.

아카시아꽃이 피면

아카시아꽃이 피면 비를
찾는 꽃 몽오리 향기가 날리고
바람이 빗방울을 머금고 걸어가는
길가를 두드리는 소리가
공중에서 비탈진 작은 언덕으로
흩어지는 꽃이 팔을 벌리는 곳에

소리없이 비가 흐르는 냇물가
낡은 한옥에 이끼를 덮은 구부러진
시간을 헤아리면 옛날이 보이는
가난한 동네에 홀로 일어서는
욕망이 힘으로 나타난다는 기억이

아이의 웃음으로 한가로운 빗물이
넘치는 물못자리가 가득차는
땅에 쌓이는 꽃잎이 비가 그칠 때까지
떨어지고 흩날리다가 향기가
밟히어 가는 하루가 지나치면

맑아지는 세상이 산에서 피어나는
믿음이 불러오는 꽃부리 향기가
길가에 더미를 이루는 사연이 숙연해지는
시간이 풀지 못하는 한恨이 덮힌
이파리가 펄럭거리는 날이 있었다.

돌아오는 사람들

형제들이 떠난 땅에는 비 바람이
몰아치고 설움을 안고 떠나간 몇 년은
만주의 콩밭을 헤매던 푸른 들의
하늘가를 돌아서 뜸들이는 풀밭을
지나치는 한 많은 문이 열려있는

수수밭에서 풍성한 들녘을 찾아갔지만
보름달이 떠는 날에 싸구리 국밥의
빼주가 진실을 흘려보내고
가물거리는 골짜기에 피는 양귀비의
즙액을 빼주와 섞은 애닲음이

오염된 물이 흐르는 지역에 젊음을
낭비한 댓가가 호열자를 만나고
붉은 무리들이 길을 막은 수수밭은 쓰러지니
돌아가야 할 땅은 전쟁을 부추기고
사실에 속은 떠난 사람들의 자리에

잃어버린 땅은 보이지 않고
푸른 마을은 인적이 끊어지니

주도酒道가 잠기는 속은 들끓어도
차창에 나타나는 우거진 변화에
귀향자의 발버둥치는 도시화 소리가
빛따라 울렁이는 눈물이 넘치고 있었다.

마루에 앉아서

어릴적 기억을 떠올리며
비둘기 소리가 귓가에 맴돌아가는
마당에 금계국이 활짝 피어
물끄러미 사람을 보는 모습이 무슨 말을
전하려고 하는지 금빛 얼굴이
긴 목을 서로 부딪치며 보고 있구나

아름다운 미소가 해가 지는 저녁이
돌아와도 빛을 발하는 황금색이 드러내는
마당의 한 자리에서 어여쁨을 보이는 것이
산야에 피는 것 같은 하루가 지나가도록
고운 얼굴을 뽐내고 있구나

우거진 꽃밭에 나무들이 자리잡은
의미는 무료히 앉아 있어도 즐거움이
가득차는 숲 속에 앉아있는 것 같은
지는 꽃이 있어도 모란을 부르는 한 마디에
장미가 입술을 열어가는 따뜻함에

활기가 넘치고 두 손을 드는
기쁨에 취한 한나절을 살랑거리며 웃고있는
환한 얼굴을 부르는 이름에 밀려오는 향기가
어머니를 보는 안타까운 그리움이
오래도록 마루에 앉아있게 하는구나.

삶의 한 갈래가

살이 있다는 바람이 불어가고
이런 저런 일들이 일으키는 우레가 있어도
숨을 고르는 소리가 있는
기운은 떠다니고 문이 열려 있는
창문에 흩날리는 빗물이 모여

시달리던 땅에 가뭄을 해결하고
큰 바람이 불어도 농부가 바라는
쓰러지지 않는 벼 이삭을 키워낸 푸른 숲에
꽃피는 동산을 생각나게 하는
잔잔한 즐거움이 쉴 수 있는

삶이 가지는 의지가 사물을 피우는
아름다움이 썩은새로 남은 이엉 줄이
울고 있는 밤은 떠내려간 시간을
지나치고 가는 땅에 회복을 기다리는
삶의 조각들이 흐르는 푸르름이

창공에 그리는 그림은 어디로
흘러갔는지 기억도 없는 구름은 무엇으로
남아 뿌려진 물방울은 보이지 않는 공기
속을 흐르고 사라지는 죽음도 없이
나타나는 삶의 한 갈래가 있었다.

하지 무렵

낮이 긴 하루가 솟아올라
대기를 타는 기억의 저편에서 들리는
모내기를 끝내야 한다는 소리가
하지 감자를 점심으로 때우는
하루를 순삭하는 마음은 울먹이고

앉을 자리가 없는 바람이 산마루에
걸릴 때 그 많던 사람들은 어디로 갔나
일손이 모자라 학동이던 아이들도
모심으로 나가고 며칠 내로 끝내야 하는
모내기의 파동은 어디로 갈 것인가

기억이 불러내는 모내기 타령은
이앙기의 소리로 들리고 끝난 논에는
농부가 보이지 않는 자리에 땅심의
짙은 푸르름이 세상을 덮어가는
허덕이든 사람들은 어디에도 없으니

숨어 있던 날개가 펴지는
숲을 이루는 그늘에 나들이를 떠난
논 밭 농사도 문명이 가꾸는 소리가
자리를 잡아갔고 촌로의 일상은
지나갔던 세월을 더듬어 가고 있었다.

호우가 퍼붓는

먼지 바람이 불어 오더니
찾아오는 손님이 울부짖는 폭우가
생존을 일깨우는 도로가 넘치고
위험을 감지한 보이지 않는 속을
달리는 간극間隙은 떠내려가고

목적지는 어디인지 알고 있어도
명쾌하지 못한 시야가 걱정을 쌓고
빗방울이 줄기차게 뭉치는
아픈 소리가 투덕거리는 맺힌
한이 유리창을 심하게 때리는

무서움을 홀로 받아내며 가는 길에
기다리는 아내의 걱정을 넘어서는
빗줄기가 조심스러운 물안개를 부르는
감동이 산으로 올라가 구름이 되고
알아차리는 사람이 있어도

머물던 도로가의 노란 꽃들이
만나는 의미가 빗방울이 만들어가는
천지를 덮은 어둠이 드러나게
세찬 물줄기의 수증기가 늘어나는
거리에서 돌아가지 못하는 손짓이
기다리는 사랑이 일으키는 호우가
도로를 휩쓸고 씻어가고 있었다.

떠돌이의 생활이

거처가 분명하지 않는
생활이 익숙한 황무한 거리에서
찾아 가는 집은 비를 뿌리는
우중충한 골목에 자리잡고
문을 닫으면 걸음이 묶이는
아쉬움의 소리가 커지는 작은 공동체에
아픈 구석이 계단을 타고 올라간다
누울 자리는 불편함이 차지하고
살이 섞이는 잠은 어디로 흘러갔는지
찾을 수 없는 밤은 깊어만 가고
떠다니는 꿈은 자리가 없는 나뭇잎이
비를 맞는 물보라에 묻혀 떠내려가는
흙탕물이 보이는 생활이
뒤죽박죽 흘러가고 오해가 풀리는
하류에 곤두선 신경이 쌓아간
물줄기는 속으로 떠들며 흘러간다
파도에 부딪치는 물질은 깊어지고
침잠이 없는 것이 날아오르는
새 우주를 만나고 떠돌아가는

생기가 도는 화평한 날에
춤추는 사람들이 있는 하루가
자괴하는 떠돌이의 생활도 있었다.

해는 석양에 잠기고

산 너머 해는 석양에 잠기고
낙타는 하늘을 보고 걸어간다
지평선이 겹쳐지는 하늘에
모랫벌 속에서 올라오는
어두움이 뿜어내는 사막은 닫히고

물은 흐르지 않아 나무 한 그루
자라지 않는 모랫벌에 과일을
키울 수 있을까 끌어온 물이
과일을 열리게 하고 석양이
잠기는 형체가 지평선 너머

믿을 수 없는 아름다움을
바람이 만들어간 맥동이
주기적으로 엉겨가는 모래벌판에
숨쉬는 자유가 누리는 몸부림이
달빛을 부르는 깊어가는 삶이
구름을 불러와 손을 잡는다

수만년이 흐른 모래더미
협곡에 시간은 정지되고 쌓아간
선이 긋는 지층이 흔적으로 남아
있는 사막을 걸어가는 낙타가
하늘을 보고 터벅거리며
어두운 바다를 건너가고 있었다.

가슴에 남아있는

자라나는 나무는 충분하고
필요한 요소를 품고 성분이
분해되지 않는 땅에 더위를
건너가는 공기가 물이 철석거리는
기대하는 가치가 흘러간다

바람이 기르는 봉오리가 밤을
가득히 채워가고 가지에 피어날
꽃잎이 비와 바람이 부딪치는
하루에도 폭풍이 굽이치는 밤에도
고개를 들고 피울 준비를 하는

흰 머리 사람들이 나올 때
노래가 퍼지는 욱리하 물결에
건너가는 수풀 속의 빛살이 나무가
자라는 것을 거들고 있는 마음에
번쩍거리는 번갯불은 내리치고

물보라가 일어난 땅에 오랜 시간이
흘러서 완성되는 모양이 갖추어
가는 하루가 떠나간 사람들의
그리움을 가슴에 묻고 여물어가는
나무가 꽃을 피우는 날이 있었다.

달빛 얼굴이

추석이 부르는 구름 속 빛살이
물결치는 파동으로 천지에 퍼지는
빗살무늬가 몸에 닿은 빛이
윤슬을 품은 가슴이 안고 가는
은은한 얼굴이 내리고 있으니

누구신가 어버이가 보이는
하늘에 밀려드는 구름은 살아가는
천상의 바람이니 피어나는
달빛 얼굴은 추석 달이 내리는
둥근 빛이 걸어가는 세상이니

파장이 반짝이는 사람들을 보고
춥지도 덥지도 않는 지나가는 날에
햅쌀로 빚은 송편이 모양을
갖추면 너와 내가 하나 되는
한가위에 솟아나는 보름달이니

재너미 길이 소음도 떠나는
나뭇가지에 미소짓는 원와당을
보고 있는 아파트 빈터에 달빛이
구름 속에 잠기는 푸른 마을에
윤슬이 내리는 한가위가 있었다.

갠지스강가에서

이끌려 간 갠지스강가 눈물도 없는
구경거리가 존엄도 없는 시간이 불타는
그슬린 시신을 불 속에서 뒤적이는
해골의 뜨거운 눈물이 흐르는 강에
지혜도 죽고 허망이 사라지는
끝나는 의식이 아무렇지 않는
관 하나 없이 검은 연기가 덮은
강가의 푸르름에 속은 서러운 불길이
시신을 태우는 화부는 옳고 그릇됨을
알지 못하고 사람을 보내는 잿빛으로
생명의 껍데기를 흘려보내는 갠지스강
물에 장난처럼 상상도 없는 죽음
같지 않은 재를 뿌리는 일상이 짐승을
잡아먹은 물결에 휩싸인 죽음이 몰고
가는 남아 있지도 않는 서러운 생이
휘발하는 검은 연기가 재단하는 존재를
묵살하는 무거움이 깨어진 거울조각도 없이
살아간 과거와 현재가 없는 갠지스강에
기억도 없는 하늘이 흐르고 있었다.

시간의
변화는

IV

가을이 깊어가는

가을이 깊어가는

무더운 시간을 끝내는
천둥소리가 하늘에서 번쩍거리고
푸른 빛이 불러오는 물빛이
춤을 추는 숲이 서걱거리는
소리가 무엇을 재촉하는가

아름답게 피어나는 임을
빨리 오시라고 나뭇가지를 흔들고
잎이 감춘 붉은 마음을 드러내는
더운 님 가시는 길에 시원한
빗소리가 미소처럼 흐른다

올서리 기다리는 하얀 마음도
빗물 떨어지는 숲의 장단이
단풍을 재촉하는 잎들의 말굽소리가
천지에 가득차면 앉아있던
더위도 고개를 숙이고 떠나는가

임을 맞이하는 색동옷은 펄럭이고
잠을 쫓는 새로운 탄생이 기다려지는
소리가 흩날리는 국사봉 숲
마을에 감나무 등잔불이
밝아지는 가을이 익어가고 있었다.

국사봉에 앉아서

무학대사가 백악산과 인왕산이
만리현으로 뻗어가는 형세가
백호가 달아나는 형상이니
사자암을 세우는 국사봉은
아조가 자리하는 힘이 되었나

숫사자의 으르렁거리는 소리에
백호가 뒤돌아 보는 만리현을 건너
고개 마루에 햇빛이 내리는
동막 언덕 마당이 넓은 큰
집은 살았다는 흔적도 없어지고

후손인 아내가 국사봉 마을에
이주하여 수십년을 살아갔어도
이제가 세종을 그리워하며
경복궁을 바라 나라 일을 걱정한
사자암에 햇살은 한가롭구나

따사한 외곽에는 벼베기가
한창인 논벌에 농부가 사라진지
오래 되어도 거두는 탈곡이
한나절이 걸리지 않는 넓은 들녘에
소리꽃이 피는 것을 듣고 있는가.

산 사람

소때를 몰아 가는 산에
사는 사람은 매무새가 필요없고
열매가 열리는 대로 있는
벼를 여물게 하는 봉답에
막걸리를 마시는 습관이 있는
자연은 자라고 익어간다

침략을 당하여도 살고 지는
삶이 산밭에서 밤낮의
길이에 순응하는 굴레가
의식주가 해결되고 만족하는
바람이 불어가는 산자락에

숨은 순결이 나타나는 잡목
수림에 시작하는 힘이 솟구치는
뿌리가 있더라도 모래언덕
순결을 찾아 가는 뿌리가 그대로
자리잡고 있는 비탈진 땅에

진실을 받치고 있는 삶이
어떤 다툼도 기다림이 가라앉히고
추위를 피하는 산 비탈을 헤매이는
민낯이 드러나는 골짜기를
지나치고 산마루를 걸어가는
사내의 썰렁한 미소가 있었다.

가을비가 그치면

비가 내리다가 흩어지는
가을 안개에 묻히어 소리없는
허공이 꿈틀거리고 살아있다는
이명이 우주에서 내리는 휘파람
소리가 끝없이 이어지고

소리가 없어도 들리는
귓가에 앉은 바람은 불어가고
가을비 그치면 추위가 몰려오는
마을에 더불고 있는 동한이
나이가 살고있는 돌집에

고립된 사람들이 가꾸어 온
살아가는 역사가 흘러가는
시냇물은 골목길을 떠난 젊은이가
어디에서 정 붙이고 살아가는지
비탈진 땅에 펄럭이는 빗소리

자족하는 생활은 흩날리고
북적거리는 단풍도 하나 둘 떠나고
자리잡은 무료함이 일어서는 날
폭포수 되는 세상만사가
되돌아 보는 시간 속에 있었구나.

가는 길에 서운암이

나비가 날아서 어디로
친구를 만나고 꿀을 찾는
아름다운 꽃밭에 쉴 자리가
있는 생은 알 수 없으나
이슬과 서리가 내리는 날에

날개가 찢기는 한 시절이
건너가고 힘든 꿈이 깊어가는
생명의 바람이 불어가고
스산함이 움직이는 세상에
잠드는 땅에도 이슬이 깨어나는

길을 잃고 구름을 찾아 헤매는
스님이 보이지 않는 쉼터 속으로
기다리던 날개짓이 뼈만 남은
흔적으로 깊은 잠에 들어갔나
무엇인가 풀어가는 꿈과 현실이

현실이 꿈인 나비가 날아가는
바람에 시달리고 도를 닦은 고승이
늙어간 것과 깨달음이 있는 서운암
가는 길에 불을 켜고 달려드는
꿈이 날개를 펼치고 있었다.

송추하는 스님이

이 골 저 골에서 흘러
한 골로 모여든 소란스런
물이 그릇에 자리잡은 미혹이
숨어들고 지배를 받아
이끌리는 말이 피장을 일으키고
울리는 근거없이 떠도는 풍파가
출렁거리는 세상에 물레방아를
돌리고 젊음이 유지되는
습성이 이글거리는 숨었던
분노가 튀어나오고 유전되는
혈기가 피흘림을 건너서 선택한
만들어진 의식이 움직일 때
속한 자가 찬탄하는 천수경이
현 상태의 불심이 되는
해탈의 지경이 고요히 흐르는
가슴에 내려앉은 평안함이
걸어가는 스님의 송추誦呪가
연꽃으로 피어나는 이 골
저 골에서 흘러나오는 물이
고승담을 이루고 있었구나.

첫 눈은 내리고

눈이 내린다
도시의 분주함을 일깨우는
옷깃에 머리에도 쌓이는 행동이
몰려가는 정류장에 사람들이
어디로 흐르는지 알 수 없는
걸음 아래의 지하철 공간은
혼잡하고 따뜻한 공기를 마시는 날에
눈이 내리고 지하 세계가 펼치는
살만한 가치가 웅성거림 속에
공간은 먹고 자고 추위 더위도 없는
다른 사회가 있는 아픈 상처와
시린 삶도 없으니 지상에는
굴곡으로 덮히고 생존도 덮어가는
분칠하는 마음이 전체 속에 나타나고
대롱거리는 꽃향이 없는 눈꽃
거리를 휘날리는 흰 조각들이
뛰어가는 모습은 뒤뚱거리고
미끌어지는 날카로운 가지에
내려앉는 타인의 흰 마음이 꽃처럼
매달리고 덮어가는 세상에
사랑이 펄펄 휘날리고 있구나.

가을의 애별리고 愛別離苦

까마귀 울음이 깊어가는
장단에 단풍잎은 떨어지고
낙엽은 햇볕을 타고 가는
사람들이 산을 오르고 모든 것을
내려놓고 그늘을 피해 흘러간다

볕살은 따뜻하고 담배를 피우는
여인은 군중 속으로 스며들고
가슴끼리 모이는 막걸리 모임이
한창인 가락에 참나무 가지에
내리는 햇살이 젊음을 부르지만

비탈을 걸어가는 아낙이
떠난 남편이 그리워 뒤돌아
보아도 눈시울이 뜨거워지는 날에
헤아려 보는 번창했던 나뭇잎
가락이 끝나는 장단에 아이들의
산놀이는 낙엽이 덮어 가고

놀이판을 찾아 우르르 몰리는
소리가 이별을 알리는
애달픈 사랑이 산천에 가득차는
길에 만나고 헤어지는 고통이
노을지는 언덕에 쌓이고 있었다.

시간의
변화는

V

추수기

추수기

옷을 벗은 나무에 찾아 오는
추수가 아픈 일이 열리는
낙엽의 헤어지는 눈물은
목이 매인 들녘에 출렁거리는
탈곡 소리에 붉은 이념은 넘어지고
황금빛 울음이 돌아오는 땅에
순수한 물결이 굽이치니
자연을 붙잡은 새로운 바탕의
더운 바람이 옷을 벗기는
낙엽이 누워있는 땅은 녹아가고
사랑이 맺힌 알곡이 깨어나는
이삭을 거두어 들이는 낱알에
감사함이 나타나는 물결의 파장이
어느 산맥에 닿는 소리가
들판에 퍼지니 잃어버린 땅이 일어나고
북문이 열리는 추수 가락이
하나가 되는 기쁨의 날이 합창을
부르는 음률이 되고 있었다.

눈이 그치면

눈이 내리다가 그치면
눈 안개에 묻히는 소리없는
허공이 잠기고 살아있는
우주가 울리는 휘파람 소리가
끝없는 이어짐이 들리는
귓가에 앉은 바람은 불어가고
첫 눈이 그치면 추위가 몰려오는
마을에 더불어 있는 동한이
살고 있는 돌집에 고립된
사람들이 가꾸어 온 역사가
흘러가는 시냇물은 골목길을
떠난 젊은이가 어디에서
정 붙이고 살아가는지
비탈진 땅에 사그락거리는 눈에
자족하는 생활은 흩날리고
북적거리는 단풍도 어디에
자리잡았는지 무료함이 일어서는
날의 세상만사가 되돌아 보는
시간이 끝나가는 흰 눈이 있었다.

백설은 내리고

물 흐르는 소리를 들으며
착한 마음들의 하얀 나라가
쌓여지는 사라짐이 없는
옛날 것들이 변해가는 처절한
싸움의 욕망이 전해지는
거리와 우거진 숲길에 무성한
억새가 흰 눈을 맞이하는
원천수가 머무는 산골 토담집을
두드리고 사람들이 살았던 흔적은
새 시대를 여는 남녘 하늘이
바다를 건너 닿는 선착장에
일어날 일들이 상상할 수 없는
무리수가 가야할 걸음을 붙잡는
절절한 바람을 만나
어눌해지는 말들이 쏟아지는
쉴 수 있는 땅의 속사정이
불러들이는 진실이 의지하는
바람을 뿌리고 있는 하얀 눈이
하늘을 흔들고 땅을 흔드는
사건이 퍼붓는 백설이
펄럭이는 역사가 내리고 있구나

병풍 같은 산 속에

병풍 같은 산 속에
종유석 동굴에 발을 내딛으니
기이한 바람이 부는 산이
살아가는 전통을 펼치는
비가 내리면 내리는 대로
일치하는 풍속이 산을 이루고
풍진風塵을 견디내는
인총은 달라지고 먼 길 너머
떨어지는 폭포가 물길을 내는
자연을 존중하고 하나가 되는
절차가 어렵지 않는 약속이
이루어지고 가치가 빛나는
때가 도래하는 시간이
돌아갈 수 없는 바람은 주저 앉아도
일어서는 바람이 있는 병풍으로
둘러쳐진 산의 정체성이 보이는
죽어가는 잎들의 자애로움은
물들어가는 단풍색에 있으니
고산은 무엇을 말하는 것일까
삶과 죽음이 번성과 잠이
고산에서도 일상이 되고 있구나.

바위와 물은

냉기가 가득차는 절기에
하늘을 나르는 꿈이 행동을
일으키는 숱한 일들은 몸을 맡겨도
부족함이 내리는 심연이 요동치고
파고를 이겨내야 하는
추위는 깊어가고 떨어지지 않은
마른 이파리가 무엇을 기다리며
달려있는 욕망이 추위 속에 피어나고
찾은 것은 어디에도 보이지 않으니
돌은 바위가 될 수 없는 것일까
세월이 흘러 자갈돌은 사라지고
남아 있을 형질도 변하여 모이는
물로 흘러 세월이 뒤섞이는 돌들이
공존을 이루는 비행은 마을
뒤꼍에 불씨로 남아 있을까
마른 나무의 떨어진 잎이 날리는
가슴저린 노래도 없는 앙상한
산에 등걸불에 쫓기는 사내는 피할
자리도 없어 숨겨진 바위틈을 찾은
억변億變의 공간에 시간을 감아가는
이유라도 사실은 하나가 되는가.

출렁이는 강물이

지난 날이 있었다는
흘러가는 물은 변화없이 이어오고
머물던 연못에 알을 품고
자라나는 성성惺惺 방울이 흔드는
푸른 가르침이 굽이치고
퇴적된 시간은 반짝이니
끝나지 않는 소리가 쌓여가는
편지가 물빛이 달라지는
세월은 찰랑거리니 넋을 품은
사람들의 순수가 출렁이고
녹빛 흰빛 허리에서 흘러가는
남쪽 바다에서 들려오는 이야기를
햇빛을 받은 풀들이 머리에 이는
구름은 어두운 강으로 스며들고
재촉하는 길을 놓아주지 않은
산 그늘을 피해 내려 가느니
비탈진 터밭을 가꾸는 삶은
늙어지고 긴 세월이 흐르는 강물은
말이 없어도 계절의 끊어짐이 없는
변화가 빛으로 출렁거리며
끝없이 품어가고 있었다.

선비 마을을 지나며

선비들이 거닐던 도로를 건너
넘어가는 육십령 고개는
수목에 묻히고 깊은 터널 속에 잠든
삶의 기상이 피어나는 단풍이
걸쳐있는 산을 뒷길에 두고
흐르는 물길도 접어가는 터전에

살고 떠나간 친구들의 소리도
사라지고 노송이 덮어가는
높은 산이 있는 들판에는
비닐 하우스가 펼쳐진 언덕에
마을은 고요히 숨을 쉬고 있구나

자리잡고 있는 십자 첨탑의
노래가 착한 심성이 옷을 갈아입은
처녀들이 함박 웃음이 터지는
잊었던 산줄기를 찾아가는 바람과
물을 따라 흔들리는 맥박이
아름다운 길에서 그리움을 삼키니

녹 적 황의 옷은 춤추다가
날리고 안개 속에도 무덤들이
누워있는 산 자락을 지나치는 세상에
사람들이 손짓하는 나뭇가지
끝 자락 푸르름 속을 나그네가
눈물을 흘리며 찾아가고 있었다

둘레길을 걸으며

뒤섞인 행인들 속에
찾는 사람이 있는지 바람은
걷는 자의 기억을 흩뜨리고
떨어져 내리는 행위가 모양이
되는 낙엽이 무엇을 생각나게 하는가
앞산의 울음이 산을 울리고
음율이 산길을 오르는 사랑을
믿는 새들이 노닐고 있는
세상 밖의 맑은 하늘이 열리니
무엇이 일어날 것 같은 때에
움직이는 단풍이 짙어지는
숨을 몰아쉬는 낙엽이 찰나에
들려오는 소리가 공중에서
일으키는 파장이 둘레길에
젊음을 찾아가는 노년의 여인들이
삶의 풀숲을 이미 떠나고
언덕 넘어 붉은 해가 내리는
붉은 석양이 안쓰럽게 자리잡은
골짜기를 건너가는 바람은
조용히 가슴을 옮겨가고 있었다

여자가 울고 있는 길에

길이 없는 중턱에 깨어진
자갈돌이 널브러지고
마른 나무를 품고 있는 등성이에
버림받은 여자의 눈물이
곳곳에 자리잡고 어려움이 있는
열리지 않는 돌밭 길에
싸움은 벌어지고 준비된
자유는 덤불 속에 숨었나
덤불에 불이 붙어도 바람이 나오는
골짜기에 찰나의 물줄기는
길을 잃은 여자의 찾지 못한
웅덩이에 고인 눈물의 사태가
낙조의 길섶에 남자는 떠나고
서운한 하늘이 흘리는 물방울이
눈을 찌르는 지친 삶이
그네를 타는 작은 아파트 그늘에
매여있는 옛날이 부르는 소리가
석기와 철기를 건너 반도체
그늘이 드리우진 시대에 살아가는
사람들이 힘을 모우는 길에
여자는 눈물을 뿌리고 있었다.

잃어버린 마을에도

걸어가는 황량한 산 허리에
몇 그루의 나무는 뼈 울음만 내고
낙엽은 구석으로 흩어지는
길도 없는 벌판 언덕에
소릿길을 내고 있는

잃어버린 날이 모이는 차거운 땅에
걸었던 옛날이 길이 되고
남았던 사람은 새 시대로 넘어갔나
다툼이 있는 여자들의 소유하고
불을 붙이는 동산의 돌더미 집에

앉아도 황량한 벌판 언덕의
돌들이 차지한 나눌 수 없는
하나가 될 수 없는 자라지 않는
언덕에 구름이 흐르고
새들이 날개를 펴는 사라진 땅에

야생초의 생명력은 황무지가
일으키는 소이가 되어 황량한
길을 비추고 땅을 가꾸는
전설이 피어나는 오두막에
사람이 살고 있다는 마을이 있었다.

시간의
변화는

VI

시간의 변화는

시간의 변화는

지난 날이 그리운 사람들이
시간을 돌리려는 자리에
공중에서 상실되는 흐름은
산을 오르는 고통으로 견디어도
벗어나지 못하는 추억은
새로운 불길이 솟아나고
바탕이 변하고 사랑도
변하는 바람이 불어온다
시달리는 세월은 고개를 숙이고
무엇을 배우는 무거움도
천천히 가라앉고 끝없는 변화가
일으키는 얼개가 침몰하는
선상에 앉아 다가오는 시간을
두려워하는 찰나를 지나치는
동트는 새벽을 기다리니
젊은 넋을 위한 잔치가 펼쳐지는
삶의 가장자리에서 일어서는
북소리가 살아기는 방법을 알리는
추리가 삶을 돌려받지 못한
나이는 떠내려가니 목메이는
눈물이 흐르는 시간이 있구나.

목련이 피는 날에

추위가 물러갔나
벗은 나무의 울음이 끝나는
하얀 몽오리가 모여들고
허술한 공터에 손이 펼치는
터지는 가슴은 하얀 빛으로
아롱거리는 모습이 어여쁨을
열어가는 창가의 날씨가 함의를 묻고
기다리는 처녀의 붉어지는
꽃잎이 어우러질 날의 뱃고동이
자지러지는 낙화를 품은
목련이 방긋 방긋 웃고 있었다.

수액樹液이 움직이면

지나가는 겨울이 연약한 가지에
내미는 새순이 바람을 맞이하고
커지는 모양은 눈이 자라는 세상에
불 밝히는 잎이 얼지 않은 샘물이
솟아나는 것은 봄맞이 장단이
바람 가까이에 앉는 것이니

자작나무 순이 구름에 꽂혀
하얀 끝자락에 맺히는 하얀 하늘
구름이 나무의 물을 올리는
잘 다듬어진 능선에 군무 춤을
추는 물이 오르는 전경이니

안개처럼 자락이 떨리고
머리카락이 흩날리는 말씀이
하얀 수피에 어울리는 작업은
흘러 내리고 한동이가 옮겨지는
불러오는 반주伴奏에 세상이 열리고

바람이 일으키는 군사이니
밝은 날이 내리는 영적 훈련이 시작되는
내면의 에너지를 평화와 안정을
가져다 주는 수액이 세상 어디서나
하늘 나라 맛나가 되는구나.

봄 기운이

따사한 날의 물소리가
새 꽃잎의 날개짓으로 들리고
부풀어진 바람은 떠나가고
날개를 펼치는 거리는 봄 소리가
자리를 잡아가고 있는가

이미 가까이 울리는 숨소리가
솟구치는 힘이 나타나고
산 그늘도 넘어가는 새싹들의
꽃망울은 맺히고 팔을 벌리는
언약이 온실 안에서 피우는
따뜻한 공기를 부르고 있구나

밝은 기온이 가득찬 마을에
살아가는 형태가 조금씩 길어지고
깜싸고 돌아가는 운기가 증가하는
녹색 빛이 감돌아 나아가고
기다리는 님이 보이는 언덕에

잔설은 녹아 젖어가는 모퉁이에
감추어진 가슴이 자유와 평화를
바라는 바람이 도시가 일으키는
함성이 되고 하얀 분홍빛이 넘실되는
화사한 봄빛이 펼치는 꽃들이
피어나는 축제가 되고 있었다.

벚꽃은 피고

흰 벚꽃과 붉은 벚꽃이
피어나는 대로 찬란한 모양은
따뜻한 빛 무늬가 자리를 잡아가는
꽃잎에 음영이 있는 삶과 죽음이
일어나고 넘어지는 길이 열려있는

빛 속의 이치가 만들어진 자리에
화려한 꽃이 빛나는 구름을 부르고
바람은 가까이에 피는 꽃잎을 건드리니
피기도 전에 낙화를 부르는
눈물이 흐르는 화창한 날에

떠나간 사람들이 만져보지 못한
일들이 힘겹게 일어서는 그리움은
그림과 시와 술을 사랑한 선생님들이
보고 싶은 것은 화려한 벚꽃 때문인가
만상이 일어서고 꽃잎이 흩어지는
봄이 가득찬 산마루에 어지러운 소리가

빛나는 벚꽃이 산과 도로를
덮어가는 내성內省은 살아서 울리고
피어나는 꽃잎이 울먹이는 바람의
소리가 있는 방창한 날에 눈물을
흘리는 풀잎 같은 선비가 있었다.

둘레길을 걸어가는

하루가 다른 새잎과 꽃잎이
흐드러지고 따사함을 부르는 날
원아들이 떠드는 소리가 있는 곳에
잊어버리는 때가 가까이 있어도
빛이 키우는 어린 싹들의 뜀박질이
헝클어진 마음을 다스린다

바람이 부는 동산에 서쪽으로
떠난 사람이 꽃잎에 흩날리고
동산 마루에서 기다리는 막연한 셈은
하루가 달라지는 녹 적 황 속에서
연두의 색깔은 두터워지누나

밝은 얼굴들이 둘레길의
색신色身은 노란 꽃잎에 휩싸이고
가벼운 걸음이 오르는 길에
피우는 현호색 제비꽃이 어울리는
벚꽃이 만발한 산책로의 눈짓에
안기는 바람이 불어온다

풀꽃이 부르는 향기가
등성이의 나무에 뿌려지는 이슬비가
씻어가는 어깨와 가슴을 적시고
숨은 뿌리를 깨우는 날에 손을 잡은
남녀가 둘레길을 걸어가고 있었다.

산수유가 피우는 사랑

우연한 기회에 찾아온
풀뿌리와 야생작물을 캐어
끼니를 해결하는 처녀가
다가온 남자의 깨우는 소리에
잊었던 댕기머리가 노랗게 달아오른다
벗어날 수 없는 가난한 노란 꽃
망울이 뜨거운 가슴을 어디에 두고
때가 차면 기우는 이치를
서산에 걸린 푸른 밤에 알아차리고
먼 발취에서 보이지 않아도
도시로 떠나간 낭군을 기다리는
키워가는 속 마음이 언제인가
먼동이 트는 날 품었던
낭군의 가슴에 얼굴을 묻어도
남의 땅에서 품팔이를 해야 하고
깊은 삼경이 깊어갈 때
아픈 마음이 뛰는 사랑이
보름달에 박힌 얼굴이 넘어가도
노란 산수유가 담장에 걸리어
피어나는 이른 때를 불밝히고 있구나.